DANS L'OMBRE

Isabelle Debray

DANS L'OMBRE

MERCVRE DE FRANCE

Il est facile de vivre les yeux fermés en interprétant de travers tout ce que l'on voit…

JOHN LENNON

Amour de l'un, amour de l'autre. Chacun a son double. Chacun a ses moments. Ses heures au départ du train. Chemin d'une vie.

Vingt ans d'écart. Une génération. 1940, la fin du début pour l'un, l'autre inexistante. 1961, une naissance pour les deux. 1968, prison et enfance. 1981, le premier vote et les marches du pouvoir. L'intuitif trouve le penseur. Rien, rien n'aurait pu prévoir une rencontre, encore moins la naissance d'un fils, toute une vie de bonheur en commun et une dernière demeure choisie de concert. L'ombre de celle qui vous réunira toutes à force de vous avoir aimées depuis presque trente ans à travers cet homme que vous avez façonné.

La dualité deviendra omniprésente. Miroir permanent. Il saura avec délice dire : « De quel homme tu parles, il y en a plusieurs. » Double, triple. Polygame pour mieux aimer.

Toujours amoureux. Sa vie sera digne d'un roman à épisodes. Il ne sera pas l'homme d'une femme. Allant des uns aux autres, de droite à gauche, du bourgeois à l'étudiant, des mansardes au Palais, des ennemis aux amis, de la terre au ciel, du sud au nord, de l'enfermement à l'ouverture.

Juste équilibriste qui ne réunira pas ses clans, ne les trahira jamais. Il fera un *Nous*. Il en sera de même avec les femmes. Et *la Fraternité* deviendra un moment plus important que l'égalité ou la liberté. Mais elle restera toujours seule.

Y en a-t-il eu cent, cinquante, quarante ? Peu importe. Belles personnalités. Belles âmes. Femmes de tous les panels. Toutes redoutables.

Ses Amours auront une histoire. Un passé. Un amour perdu. Une conquête. Une bataille. Une guerre. Une révolution. Elles seront toutes irremplaçables. Il ne les remplacera jamais, elles auront toutes une place.

L'homme sera mondain. La célébrité l'attirera. Cette notoriété aura un corps permettant d'exalter sa sensualité à fleur de peau et de jouir dans un bonheur juste physique sans affectif, l'homme sera comblé.

Femmes rêves. Il les aura aimées. Il les aimera toujours. Mais ses élans du cœur passeront en dernier, il jonglera d'abord avec les mots et les idées. Dans sa poubelle, l'aspect humain. Trop dangereux, les émotions.

L'homme sera aventurier. D'hommes en femmes, d'idées en réflexions, de pays en villes. Vif, souple, la réaction rapide deviendra sa vertu. Stagner sera impossible, il faudra avancer.

Pas question de rester seul. Besoin de solitude, il transcendera. Besoin d'être avec lui-même au mépris d'une vie sentimentale en négligeant l'autre sans aucun état d'âme. Cet autre ne viendra qu'en plus, qu'en appui de, par ou sur. Peu importe qui répondra « je suis libre » pourvu qu'il ait la flamme.

Passionné, il ira avec force jusqu'au bout de ses rêves.

L'homme sera sexy. Un air désabusé. Un chandail élimé. Un regard bleu perçant. Il ne s'aimera pas, il se rêvera. Et c'est en grand. De Charles à François, en passant par Fidel et Ernesto sans oublier Louis.

Qui sera le vrai père ? Georges, avec la sagesse de l'âge. Un jeu de piste. De grands portraits. Des abysses. De la révolution à la mère patrie. Au bord du précipice, il revivra.

L'homme sera intellectuel. Un dragon hors des normes. Mais, *J'accuse* c'était hier. Et Voltaire, Rousseau, Condorcet, Berthollet, Chateaubriand, Hugo, Lamartine et d'autres sont partis. Ce sera un long chemin du *Pouvoir* à sa *Suite et fin*. Les choses de l'esprit se reposeront.

L'homme n'ânonnera pas ses contemporains, il les fréquentera. Les chérira autrement. Regardera l'homo et non l'in-quarto. Franche admiration.

Grand séducteur. Infidèle. Il aura l'amitié fidèle et la rupture inexistante. Sera tenace dans ses idées, la *Frontière* cheminera vers un *Éloge*. Tracera, sur presque un demi-siècle, son parcours religieux, de la *Critique* au *Sacré*, son parcours philosophique, du *Scribe* à l'*i.f.*, et son parcours politique, de la *Révolution* à la *Rêverie*. Il sera inclassable.

Recherchera dans le *médium* la compréhension de la vie et peut-être de la sienne. Se dégagera dans ses *Dégagements*. Des petites choses sortiront les grandes. La femme sera plus mise à nu grâce à la bicyclette que par ses amants. La moustache rasée aussi.

Il verra défiler des femmes meurtries, pleureuses, hystériques, « emmerdantes, emmerdeuses, emmerderesses ». Toutes aimantes, n'utilisant que les vieux préceptes pour le conquérir.

Illusion. La conquête aurait pu se faire via le Venezuela ou le Chili. Les autres...

Certaines deviendront indispensables. Les unes seront des sœurs de cœur et occuperont à ce titre une place toute particulière. Rares seront celles qui disparaîtront définitivement.

Toujours là. Toujours prêtes. Elles le seront, resteront.

L'homme s'aimera dans leurs regards. Et sa jouissance demeurera entière.

Deuxième Guerre mondiale. Vichy s'installe. C'est le temps de la collaboration et de la Résistance. Pétain en place. De Gaulle à Londres. L'homme naît.

Premier sourire, premier regard, premier souvenir. Il ne tournera jamais cette page. Il en gardera des séquelles. Des regrets. Passera sa vie à dire, à écrire que tout était fini en 1940 et cherchera la compagnie de ceux qui avaient vingt ans, cette année-là. Raymond, Lucie, Pierre, Daniel, Stéphane et tant d'autres. Il aura pris le train, dans le dernier wagon. Il restera *La Résistance comme roman.* Douce illusion. Amère définition. Réalité ou amusement.

Le 2 septembre, c'est l'heure de la première, celle du désamour. Elle le mettra au monde et le remettra au père. Aura été trop souvent absente, trop femme, trop indépendante. Trop mondaine. Le début du féminisme. Les robes longues. Les fume-cigarette. Théâtre, musique. Elle sera une oie blanche de droite qui finira à gauche.

Ce sera le siècle d'Offenbach. De Rochechouart de 1934 à 1944, elle sera à l'image de son père. Grande figure de la famille, mais trop dans sa chair et dans son corps.

Il la retrouvera quelques heures avant son départ. Il n'aura pas raté ce train-là. *La Vénitienne des Médicis* sera son *Contre Venise* et *La Mystique d'un athée* le questionnera jusqu'à son dernier refuge dans sa *Jeunesse du sacré.*

Ce bambin en culotte courte ne jouera pas. Il ne sera pas enfant et aimera les voyous. Toujours attiré par le différent, l'interdit, l'espion, le romanesque, l'extrême. « Ce petit malfrat sauvé par l'holocauste » comme lui « par la guerre d'Espagne ». Ce sera un *Rendez-vous manqué,* mais pas encore le sien. Sainte-Marie-du-Mont le protégera. *Le Pull-Over rouge* élucidera Ranucci, mais c'est une autre histoire.

Ce blondinet voyagera à travers les livres. Il s'envolera avec Carpentier pour son premier *Siècle des Lumières* et son premier amour.

Le nouveau franc entre en vigueur. Les provinces africaines deviennent nations. Camus meurt. De Gaulle en Algérie. Khrouchtchev en France. Le Manifeste des 121 et Sartre. Les USA coupent tout lien avec Cuba et réciproquement. Le Mur se construit.

Il a vingt ans, entre à Normale. Il se suicidera ou réussira. Il en sortira cacique. Et *Vie et mort* fera image.

Marceline, Edgar, Jean, *Chronique d'un été*, l'étudiant philosophe avec Jean-Pierre sur la conception du bonheur. Place à un mythe « jeunesse » qu'il bousculera cinquante plus tard en plein *Bel âge*.

Les uns se tourneront vers Alger, lui se regardera vers La Havane, Caracas ou Santiago. Il n'oubliera pas l'Ours et l'Arbousier, Notre-

Dame-de-la-Nativité, le Levant, la Bande ou les fanfares de Guca. Il ira chercher le combat que la vieille Europe ne pourra lui fournir. À la recherche de cette guerre ratée.

Femmes d'un soir ou de longue durée. Elles auront toutes eu à voir avec son parcours intellectuel, géographique, physique, psychique.

Ses continents auront un prénom féminin. Brunes de préférence.

Des années de guerre à Peace and Love. De l'actrice à la chanteuse. De la clarté à l'obscurité. Des années latines aux orientales. Elles porteront toutes le même nom. « Mi Amor, My Love, Mon Amour. »

Pas d'erreur possible. Pas de drame.

Chacune en aura sa part et toutes l'auront entier. « Mon amour. »

Chaque être lui est unique. Chacun aura sa place. « Mon amour. »

Il aura compris que gouverner c'est faire croire et aimera en faisant croire.

L'authentique. Moiteur et bonheur. Chaleur et engagement. Amour et trahison. Prison et mariage. La *magnifica Vénézuelienne* resplendira. Au bout du vol, elle est là. Belle, guerrière. Entière. Il reviendra souvent pour elle, lui, la liberté, le Che, Castro... La Bolivie, c'est elle. *Amor, mi amor*. Être sublimée. Elle s'effacera après l'avoir sauvé, et reviendra quand il sera trop tard.

Elle restera son *Indésirable* tant aimée.

Perdurera le souvenir de La Havane. Mélange de baroque et de néoclassique, paradis du rhum et du bon cigare, la Plaza de la Catedral et San Cristobal, Hemingway et la Calle Obispo. Ce ne sera pas encore l'âge d'or de la musique, la ville ne sera pas trépidante, jour et nuit confondus au rythme endiablé du mambo et du cha-

cha-cha. Tout sera éteint. *Cuba no esta libre.* Marx aura oublié de donner la main à Bolívar. Alejo ne sera pas au rendez-vous. Tout basculera le 31 décembre 1966 à minuit. Leurs corps s'enlaceront, ils ne s'encanailleront pas dans la chaleur moite. La fuite des nuages, un point de suite en entonnoir, ne pas croire que c'est arrivé. *L'Indésirable* aura « catalysé le mal, nettoyé le champ opératoire, précipité l'inéluctable ».

C'est le temps de la Révolution et de la dictature. Il s'engagera et supportera. Elle s'envolera. Il restera meurtri à jamais par cette non-présence le jour de sa renaissance, mais se trémoussera au son du cha-cha-cha plus tard, ailleurs, sous d'autres cieux.

Le procès sera le sien. Les *Cahiers libres* veilleront et François subsistera. Quatre ans de réflexion. Quatre ans de rêves. Quatre ans de cauchemar. Quatre ans de vexations. Une libération. Une nouvelle vie commencera. Notre *Petit bourgeois entre deux feux et quatre murs* poursuivra son chemin de croix et restera *Un jeune homme à la page*. Il sera beau et triste dans son costume de guérillero, armes à la ceinture.

Une mince bande de terre sous un ciel criblé d'étoiles accueillera le libéré. Humidité et aridité. Espoir et drame. Le Chili. Salvador et la voie du socialisme. Pablo et *amor, amor, las nubes a la torre del cielo*. Santiago du Chili vivra l'euphorie.

Ce sera trop court. Un rêve brisé. Pinochet ne comblera rien. Le grand procès n'aura pas lieu. Un *Entretien* restera. Du grand art. Il a trente ans.

Des neiges éternelles à La Chascona et au rythme des poèmes, l'amour renaîtra. Difficile et souffrant. Notre pétulant croisera la beauté incarnée dans une merveilleuse Chilienne de cinq ans sa cadette. Elle tissera sa toile sans l'emprisonner.

Femme de caractère, trouble et double, portée par Miguel, elle logera toute sa vie parisienne *Rue Santa Fe*. Il ne pourra l'en déloger.

Elle se glissera, mais ne se laissera pas étreindre. Ailleurs, elle sera toujours ailleurs. Personne ne répondra, le téléphone sonnera. *Les Masques* renaîtra de ses cendres. À chacun le sien et jamais le même.

D'une révolution à une autre, le sous-commandant se mobilisera. Elle en fera une *Véritable légende* et *su hermano* l'accompagnera.

La Révolution existera toujours. Ils reprendront l'avion ensemble. *L'Insurgé* les réunira.

Ils auront cherché la lumière au plus profond de la nuit. Un *abrazo* éternel, *mi amor.*

La vie aurait-elle été autre si la porte de sa prison s'était ouverte sur le Venezuela ? Comment le savoir ? Aucune marche en arrière possible. Il aura rêvé d'une maison aux volets bleus, avec femme et enfants attendant son retour. Les volets resteront fermés. Et son rêve dans les tréfonds de son cœur.

La vie aurait-elle été autre si le Chili avait accouché d'un fils ? Pareil, les dés étaient pipés d'avance.

L'une aimait un homme qu'il n'était plus. L'une en aimait un autre.

La bagarre entre le Venezuela et le Chili sera déclarée et durera trop longtemps. Une haine sans répit. Un homme entre les deux.

Deux amies devenues ennemies. Il jouira de l'une à l'autre dans un parcours long, trop long, mais qui aboutira à la naissance d'une fille magnifique, intelligente et abîmée à jamais par cette époque. Elle portera en elle les amours trahies de son père. Elle aimera ce père qui ne vivra qu'à travers les yeux de ses amantes et ne verra pas les yeux amoureux de cette *puella*. Elle haïra profondément ces femmes. Et toutes essayeront de l'amadouer. Inutile. Tel père, telle fille. Elle sera forte et deviendra une princesse. Son roi est mort, vive son *Juan Carlos* ! Les années aidant, la sagesse arrivera. Ils se retrouveront, s'enlaceront. Elle restera sa *Comète* et lui son papa.

La voix unique soprano folk des années 1960/1970 résonnera. Une pépite. Une amazone pacifiste. Mélange du soleil et de la pluie. Elle réunira plusieurs générations pour ses concerts en plein air, des bambins aux arrière-grands-parents. De Woodstock à la Fête de l'Humanité. Sacco et Vanzetti. De Martin Luther King à Nelson Mandela. La guerre du Vietnam et l'horreur. Une autre révolution. L'Amérique. Ce pays où il sera interdit. *Persona non grata.* Liste rouge. Terroriste inscrit. Terroriste restera.

L'homme découvrira un autre message possible dans ses bras. Ils auront des villes en commun, Santiago, Sarajevo, Madrid. Il apprendra à traquer les nuages, à caresser le ciel et traverser la tempête. Une histoire de liberté. Une fleur remplacera l'arme à la ceinture. *My Love.*

Et aujourd'hui encore, de longues années après, leurs yeux parleront quand ils se regarderont. Ils auront toujours trente ans et s'aimeront d'un amour où le charnel ne sera plus au même endroit. Elle demeurera dans son *Panthéon*.

Le Nicaragua le verra souvent. Une icône se révélera. Elle lui parlera des luttes populaires. Les drapeaux rouges flotteront. Aura-t-il agi à ses côtés pour faire *une* différence ? Ils se retrouveront sur la Palestine en 2009. L'homme lui restera fidèle et écrira en 1970 pour lui, pour elle, pour ce pays : « Ce Nicaragua année zéro redonne un air de jeunesse non seulement à des images mais à des idées qu'on pensait révolues, comme si notre fin de siècle ici avait soudain perdu ses rides. » Il a quarante ans.

Et l'Amérique connaît le féminisme, le militantisme. Une femme sublime au caractère bien trempé. Un corps de rêve. L'actrice se promènera à son bras. Fierté de l'homme quand la belle est belle et fait rêver ses copains. Il croquera la vie à pleines dents et ils se donneront l'un à l'autre entièrement. Elle fera rimer vieillir avec plaisir. Il la reverra un *Dimanche*, presque trente ans plus tard, et lui gardera une douce place dans son cœur.

Et puis, l'Orient. Celui du sang. Du drame. Des pleurs. Guerre et tragédie. Liban. Israël. *Imraa* sera belle et sensuelle. Mère et femme. Militante engagée. Barbelé, miradors. De *Pas à Pas* à *Cerf-volant*, réalisatrice hors pair. Films d'auteur. Belle parole. Douceur de l'Orient.

Elle saura faire émerger en lui, l'autre. Aimera sa fille comme la sienne. Marraine de son fils. Rien ne sera jamais trop beau pour lui et elle le fêtera souvent. Elle sera au Paradis à ses côtés et il la sauvera des obus.

Une fidélité inébranlable. Elle répondra à la question « Un style d'homme ? » par : « Un philosophe qui a réussi à mettre les convictions en pratique, qui est ouvert à l'Amérique latine, au monde arabe… »

Elle sera son *Histoire de l'Éternel en Occident*

et restera son amie pour toujours. Sa sœur de cœur. Il ne ratera pas son départ et sera là pour lui dire : À toujours, *habibi*.

Toujours présente, entre deux aventures, deux passions. Attendant son tour. Pensant qu'au bout du chemin ce sera elle. Seulement elle.

Elle soignera, pansera, déprimera, reviendra, partira, mais elle sera immanquablement là. Sa gentillesse et sa patience. Son goût des arts et de la littérature.

De Picasso à Gracq, elle sera son égérie artistique. *Par amour de l'art* en sera une finalité. Il lui dédiera son plus beau voyage en *Terre sainte*.

La Métamorphose de l'éloquence, c'est elle. Elle fera partie du *Cercle* et arpentera les théâtres à son bras. Elle sera présente pendant plus d'un demi-siècle et restera cet amour qu'il n'abandonnera jamais.

La plus ancienne ville du Moyen-Orient entre l'Orient et l'Occident. Là où les religions s'entrelacent, s'entrechoquent, se côtoient. Satin et taffetas.

Damas. Histoire d'amour. Otage. Deuil. Meurtrie à tout jamais dans sa chair. Elle attendra le retour de Michel pour, peut-être, se libérer. Ses filles seront marquées par l'absence de ce père inconnu et célèbre à la fois. Il n'aura pas su les aider.

Elle est, à elle toute seule, le fantasme de l'Orient. Bourgeoisie syrienne. Le Tout-Paris à ses pieds. Célèbre. Jalouse. Possessive. Elle saura le caresser en le vouvoyant.

Elle passera sa vie à chercher une maison. Une maison est une femme. Une maison est un homme. Mirmande ne saura pas être la sienne et finira par ne plus l'être.

Il passera par Deraa. *Les Chrétiens d'Orient*, c'est elle. Elle restera son amie fraternelle et sa compagne sur les routes de l'Orient au son d'Hespèrion.

Pendant toutes ces années, il marchera d'un pas dubitatif le long des rues du Quartier latin au ciel clair ou obscur et repensera à ses amours indécises que, d'une guerre à l'autre, il chérira.

L'âge avançant, le besoin de jeunesse s'accroît. Cette féminité apaisante, douceur incarnée de l'Asie, lui fera retrouver son désir charnel. Les parfums se mélangeront. De Calcutta à New Delhi. L'image de la diversité incarnée. Il sera fasciné. Elle le fera rêver. Elle est jeune, trop jeune, et vivra ses premières douleurs. La danse n'aura pas fonctionné.

Elle restera la beauté indienne dans ce cœur qui ne saura plus à quel « sein » se vouer. Pauvre jeunesse, trahison, douleur, le sang de ses veines coulera. Elle guérira et trouvera son amour.

Et les autres…

Celle d'un soir. Il aura oublié son nom, son visage, son odeur. Pas de traces.

Celle qui aura attendu, espéré, mais ne sera pas à l'heure pour le départ du train. Pas de trace.

L'étudiante, admirative et pleine d'amour pour le « Grand Homme », sonnera à sa porte pour un entretien, une question, un film, une aide, une caresse.

Les seins fermes, la chatte humide, le mâle grisonnant bandera. Sa libido fonctionnera. Elle restera un temps. Un petit tour et puis s'en va.

Celle qu'il n'aura pas encore croisée, mais qui attend, tapie dans l'ombre son moment de bonheur. Pas encore l'heure.

Les anciennes, les nouvelles, les actuelles, les prochaines, sur les traces de celui qu'elles admireront encore.

Écriture rimera avec aventure. Il n'en finira jamais avec lui-même et avec vous. Il éclairera son esprit à la lueur de ses maîtres, *Loués soient nos seigneurs,* et sa République sera plus humaine et moins machiste à la flamme de vos amours qu'il ne pêchera pas à la Comédie-Française. Il brouillera les pistes.

Pas celles de la dramaturgie. De *Julien* à *Walter*. Michel composera et Jean-François déclamera.

D'une désillusion à l'autre. Jamais découragé. D'une *Éducation politique* à une *Éducation sentimentale. Le Temps d'apprendre à vivre.* Une affaire de passion et la mélancolie comme une fidélité sans amertume. Il ne tournera jamais la page, l'homme y reviendra sans cesse.

Femme d'un soir, femme d'une vie, vous serez toujours là. Vous rendre hommage, c'est lui rendre hommage.

Il poursuivra sa quête intellectuelle nourrie par ses amours féminines. Des *Mémoires d'outre-tombe* aux *Modernes Catacombes*. Qui écrira les plus belles lettres d'amour ? Celles de Chateaubriand étaient passionnées. Les vôtres attendront dans quelle boîte, monsieur l'écrivain ?

La femme aura du mystère. Quoi de plus flatteur, de plus jouissif que ces regards admiratifs et désirants. Ces corps transpirants face à celui qu'elles voient comme un dieu. Ses écrits deviennent pour elles plus jouissifs que l'acte lui-même. Cet amour-là, la femme l'entretiendra à travers les mots, et chaque dernier-né fera renaître ce désir flambant. L'épistolier émergera.

Douceur des rêves. Douceur des mots. Adulation de celui qui les pose sur la feuille blanche.

Amies, amantes. Tout se confond, tout s'entrelace. Femmes, hommes. Femme d'un homme. Femme des hommes. Mariées, divorcées, veuves, esseulées. Artistes ou non. Politisées ou non. Intellectuelles ou non. Toutes ne se retrouveront pas désirées, enlacées, embrassées. Il ne sera pas toujours amant.

Certaines échappent, s'échappent.

Celle qui sera cette beauté intellectuelle. Une mère à l'image d'un père. De François à François. De vingt à quarante ans. De Simone à Edmonde en passant par Clara.

Mère Passion.

Simone, la mère, la protectrice, celle avec qui on aurait dû être un autre. Affectif et attentif. Mais quand on a trente ou quarante ans, on oubliera parfois les petites attentions qui font les grandes. Et cet homme ne sera pas doué pour ramasser au bord de la route une fleur et l'apporter amoureusement. Les fleurs seront périssables. Et les amours finiront fanés par tous ces petits riens inexistants, qui rendent pourtant une vie meilleure. *Casque d'Or* sera toujours celle qui disait : « Et le lendemain, elle était souriante », et il sourira. Souvenirs de moments fragiles et aujourd'hui encore cette petite phrase trottera dans sa tête. De la roulotte à Autheuil. Il aura fait un long chemin en sa compagnie. Elle sera entière et lui écrira de longues lettres pendant sa captivité. La place Dauphine l'abritera et Chris rôdera. Jorge réunira la mère et l'épouse, et dira : « L'amitié naquit avec ce jeune homme partagé entre le désir de séduire, l'amour d'être aimé, et le goût amer de l'autorité, la tentation exaltante du terrorisme intellectuel, et la femme-femme, étoile au sommet d'une maturité qui ne renonçait pas aux coups de cœur de l'amitié, de la tendresse pour les justes causes et les jeunes héros de celles-ci. » Elle en parlera dans *Nostalgie*. Nostalgie qu'il évoquera trente ans plus tard. Il ne lui restera que le regret de ne pas lui avoir apporté des fleurs, il y a vingt-cinq ans.

Clara, sensible et chaleureuse, une écoute attentive de l'homme qui ne rêvera que de cette époque et apprendra sur l'autre. Le grand, l'écrivain, le politique, l'intellectuel, celui qui a pris, jadis, sa défense en signant une demande de libération. Il découvrira comment on peut respirer à l'ombre d'un génie. La muse racontera. Il tendra l'oreille et gardera toujours un œil attendri devant cette résistante merveilleusement vieillie, pétillante d'intelligence et vive. Il écrira beaucoup sur André. Ses *Catacombes* confirmeront.

Aujourd'hui, ces mêmes yeux bleus seront émus par ceux de Florence. Ils poursuivront la conversation entamée par Clara, mais ce sera leur époque qu'ils évoqueront. *Jules et Jim* et Stéphane ne quitteront pas leur cœur.

Ils seront tous les deux, côte à côte, pour la dernière cérémonie de Clara. Il se souviendra longtemps de ces fins d'après-midi à l'écouter dans son jardin de Vert. Et dira : « Elle parlait comme Malraux. »

Vert, achetée en 1971, avec son Femina pour son *Indésirable*. *Les Masques* empliront la maison et *La Neige* brûlera chaque jour en écoutant Althusser qui aimera trop celle qu'il finira par tuer.

Aujourd'hui, sous un ciel bleu étoilé, le calme jaillira sous le regard aimant de cette mère indomptable devenue grand-mère protectrice, et la nouvelle génération s'élancera parmi les odorantes Immortelles. Ce sera leur tour.

Edmonde, grande dame de la littérature, élégante et raffinée. La grande bourgeoisie ne capitulera jamais. L'indocile aura mis son propre destin entre ses mains. Elle sentira bon la Provence, et la montagne Sainte-Victoire resplendira.

Gaston, Edmonde, François, Danielle. Panache du politique. Une époque. Notre homme gravira les marches du pouvoir. Des *Essais* à l'*Idiotie triomphante.* La page se tournera. Impressions partagées. Finalité d'une génération. Autres combats. Jarnac, Saint-Pierre ou Cluny, la terre recouvrira « cette génération de combattants ».

Mais l'infirmière restera belle. Il en sera charmé. *Oublier Palerme* n'oubliera jamais. Et il rentrera à l'Académie pour elle. Celle de Drouant pas la Coupole. Son admiration sera addiction.

Toutes le porteront, l'emporteront.

L'homme sera doué, brillant. Une plume. Il deviendra l'un des hommes incontournables de son siècle. Ses écrits passeront au-delà de son propre état corporel. Ils ne vieilliront pas. Il aura toujours eu de l'avance et un parler vrai.

Ses amours aussi porteront en elles les traces de ce parler. Mais aura-t-il su trouver ces mots-là ? Mots de tous les jours. Mots tendres. « Paroles, paroles, paroles. »

De paysage en histoire. De guerre en échec. De religion en union. Sa vie sera tissée. Construite par elles par lui par eux. Un long fil qui se déroulera sans aucune brisure. Un long fil de tendresse. La main caressante à la lueur du soir lui permettra d'effleurer la feuille blanche au petit matin, délicatement, où chaque mot sera tenu, pensé et fort.

Il y aura eu des pays sans femme. Des pays meurtris au plus profond de leurs entrailles. Il y retournera durant plus de cinquante ans. Il verra *Hadriana* sur cette mer des Caraïbes, pas la sienne, celle d'une longue amitié teintée des Révolutions du XXe siècle.

Et puis, les héros ne seront pas toutes des héroïnes, mais sa fidélité sera constante de

Shanghai à Pékin, quarante ans seront passés, et Jean-Paul narrera encore le célèbre journaliste et le redoutable dirigeant. Notre jeune voyageur protégera Tchang et *Les Picaros* devront bien se tenir et la *French Concession* se visionnera.

La plus grande fidélité de notre infidèle, c'est sa mémoire, sa ténacité, ses engagements. Il n'oubliera jamais la douceur d'une peau ni la douceur d'une âme. Et trouvera le mot juste qui permettra à toutes d'être uniques.

Auras-tu vraiment pris le temps d'aimer ? Le temps de vivre ?

Tes écrits, ton bureau, ta feuille blanche et ta plume numéro 5 aussi fine que tes mots ciselés auront été ton plus grand amour. Ainsi que tes deux enfants...

La fin sera toujours un début.

Composition : IGS-CP à L'Isle-d'Espagnac (16)
Achevé d'imprimer par Normandie Roto Impression, s.a.s.
à Lonrai, en janvier 2024
Dépôt légal : janvier 2024
Numéro d'imprimeur : 2305499

ISBN : 978-2-7152-6330-7 / Imprimé en France

623966